청어詩人選 264

억새꽃 핀 언덕에서

조철묵 시조집

젊은 날 화사한 꽃 피우지 못 하고서
빗발에 젖어들다 땡볕에 불이 나도
한 생을 서걱거리며 흔들리며 지냈네

청어

억새꽃 핀 언덕에서

조철묵 시조집

젊은 날 화사한 꽃 피우지 못 하고서
빗발에 젖어들다 땡볕에 불이 나도
한 생을 서걱거리며 흔들리며 지냈네

시인의 말

　시조는 내면의 소리입니다. 정신세계를 풍요롭게 하며 마음의 평온을 가져 옵니다. 영혼을 살찌우게 하는 자양분으로 우리의 삶을 의미 있게 합니다.

　살아온 지난날을 소환하며, 자연과 우리가 호흡하는 순리 속에서, 살며 부딪히는 체험을 시조로 엮었습니다.

　이 시조를 읽으시는 모든 분께 축복이 함께하길 바라며, 저와 같은 분들에게 작은 힘이 되었으면 하는 바램입니다.

2020년 12월

텅 빈 쾌감

산행 길 오르막은 가파르고 힘이 든다
땀방울 맛을 보면 짜고 쓰고 맛이 없다
안부*에 올라서 보면 골바람이 시원하다

마루 금 능선 따라 산봉우리 넘고 넘어
몸 안에 노폐물을 땀샘으로 밀어내면
이마에 흘러내리는 땀방울이 옹달샘

열일곱 시간 달려 땀과 소변 배설하고
머릿속 근심 걱정 남김없이 몰아내면
몸속에 흐르는 전율 텅 빈 쾌감 느껴요

*안부: 산봉우리와 능선 사이 바람이 비껴가는 갈림길

차례

1부 고향, 시조에 발 딛으며

2부   꽃과의 노래, 산울림, 계절의 변화

3부 우리 집

4부   진리

5부　길손

해설
『억새꽃 핀 언덕에서』를 읽고
윤덕진(연세대 명예교수)

1부

고향, 시조에 발 딛으며

고향은 설렘이다
그리움에 가고 싶은

잡초 꽃 새소리와
실개천의 물소리도

언제나 나의 향수요
어머니의 품이다

의좋은 형제

큰댁에 다섯 식구 갑자기 이사 와서
수복지 김화군에 농토를 배로 늘려
생필품 반반 나누어 시작했던 타양살이

어머니 상한 마음 큰댁에 미안한 맘
조금씩 양보하고 서로를 위로하며
첫 해에 소출 거두니 알곡 양이 똑같아

삼 년을 농사짓고 작은 돈 만들어서
우리는 고향으로 큰댁은 주문진에
살 터전 새로 만들어 귀향해서 살았네

엄니

한기가 목 조르니 팔다리 덜덜 떤다
서럽고 속상한 맘 목 놓아 풀어본다
산 너머 부모님 생각 강물 되어 흐르네

끼니마다 고봉밥 아랫목에 묻어두고
안방 문 열어놓고 신작로 내다보며
기나긴 그리움 안고
살아오신 울 엄마

앙상한 가지마다 얼음구슬 달아놓고
보리밥 된장찌개 간절하게 생각나는
겨울 밤 별 나라 엄니
무척 보고 싶구나

고향

등곳길 산모롱이 진달래 한 아름을
옥자야 이거 받아 발그레 물든 얼굴
성탄 때
두툼한 양말
간직해온 포근함

수복지 옮겨가며 타향이 고향 되고
가난한 살림 뒤로 입영 버스 올랐는데
목 놓아
울고 서 있는
가슴 메인 울 엄마

고향을 잊어 가며 열심히 살았는데
자식 남매 손자 손녀 흠 없이 잘 자라 줘
눈감고
생각해 보면
온통 고향 모습뿐

장날

어머니 치마 잡고 장마당 구경하다
때 지난 막국수를 배불리 먹고 나서
약 장수 입담에 빠져
혼자 됐네 길 잃고

솜사탕 손수레 앞 가던 발길 멈춰 서서
도리깨 침 삼키고 눈으로 먹어 보네
엄마가 곁에 있으면
사달라고 조를 걸

이 십리 먼 거리를 걸어서 집에 오니
도끼눈 치켜뜨고 꾸지람 욕바가지
억울해 서러운 눈물
저녁 굶고 잠드네

길 1

어릴 적 오솔 길에
풀 올무* 발에 걸려

책보 속 공책 연필
터져서 흩어졌네

숨어서 그 모습 보며
키득대며 즐겼지

떠난 지 사십여 년
고향을 찾아오니

옛 모습 간데없고
아파트 숲 이뤘네

아련한 추억 그리며
그 시절을 그리네

*풀 올무: 개구쟁이 시절에 풀 올무 만들어놓고 걸려 넘어지게 하던 놀이

길 2

기다가 일어서서
한 발짝 아장아장

잠시도 쉬지 않고
온종일 동분서주

한평생
살아갈 힘을 튼튼하게 단련 하네

사춘기 새침떼기
감성도 풍부해져

고운 님 만나면서
사랑도 무르익어

한 가족
행복한 만남 지상낙원 이뤘네

감자서리

이웃 집 감자 밭에
개바자* 뚫고 들어

햇감자 서리해서
맛있게 먹다보니

야! 이놈
도둑 잡아라
붙잡혀서 혼줄 나

*개바자: 갯버들의 가지를 발처럼 엮어 울타리로 쓰는 물건

구두 1

내 짝꿍 여학생은
빨강색 구두 신고

나보고 자랑하며
내 발에 갔다댄다

질 새라 검정 고무신
빨강색에 맞대네

단화를 처음 신고
가슴이 터지는 듯

입 삐쭉 히죽대며
다름 질 자랑했네

친구가 귓속말하길
"작업화야 그 구둔"

구두 2

결혼식 혼수품 중
코주부 양화점서

아내와 내 것으로
수제화 맞추면서

나중에
금목걸이 약속 지금까지 못 지켜

출근길 아들 녀석
구두를 닦아놓네

응, 그래 수고했다
용돈을 쥐어준다

이제는
손주 녀석이 구두 닦기 알바하네

기도 2

십리길
새벽기도
첫 종소리 고막 때려

잠깨서
달려가니
울려 퍼진 입당 종

열세 살
어린 나이에
처음 올린 기도여

기도 3

칠순을 바라보며
지난날 돌아보니

주님의 은총 속에
예언된 삶을 살고

간절한 기도의 기적
가슴으로 느꼈네

시조에 발 딛으며

생소한 시조쓰기
취향에 맞지 않아

창작을 하다보니
눈뜨면 새벽 네 시

뭐든지 정성 들여야
감동하게 되리라

시조 감각

초록 물결 출렁이며
바람 따라 변하듯이

마음도 화사하게
감각에 젖어드네

시간이 흘러가면서
절로 익는 시조길

절실함

시제를 받고 나서
생각만 가득하고

한편도 못써보고
시간만 자꾸 가네

구슬이 서 말이래도
꿰어야만 보배지

민족(民族)

초가집 지붕 위에
하얀 꽃 곱게 피면
모깃불 연기 넘어 둥근달 박 덩어리
고요한 아침의 나라
하늘 선녀 내려오네

파도에 멍든 왜구
민족 얼 가져가니
기미년 피맺힌 한 빛 밝히며 잘린 천하
청산에 서러운 눈물
흰 옷자락 얼어오네

칼 갈아 반도체를
혼담아 토해내서
한민족 하나 되어 열강을 호령하면
한반도 거듭 태어나
대대손손 번영하리

당신의 눈물

가난한 시골 촌놈 없는 것 재산 삼아
부족함 많은 것을 가장 큰 행복인 듯
눈 연못
빗물 고여도
용기 있게 일어나

억울함 속에 묻고 슬픔을 삼켜가며
중년을 넘기도록 모질게 살아온 날
가슴에
흐르는 눈물
샛바람이 닦아줘

수 없는 절차탁마 옥 보석 태동하니
당신의 굽은 등이 바람을 막아주네
목숨의
선한 골짜기
은혜의 성 쌓는 당신

강원 제일 경(景)

금강송 깊은 계곡 아홉 용 놀던 자리
꿩이 된 하늘 선녀 원한을 풀어주니
보은 종 메아리 되어
온 누리에 퍼지네

오뚝한 콧매에다 펼쳐진 치악 기맥
준봉을 거느리고 풍광을 연출하니
비로봉 강원의 명산
신비로운 자태여

감영못 깊은 물에 둘러친 병풍 절경
둥근달 어우러져 민족 얼 차고 넘쳐
오백 년 강원의 수부
부활하는 제일 경

억새꽃 1

얼음장 뚫고 나온 병아리 부리 하나
칼바람 다가서니 파랗게 얼은 채로
햇살에
기대어 서서
추운 몸 녹였다네

젊은 날 화사한 꽃 피우지 못 하고서
빗발에 젖어들다 땡볕에 불이 나도
한 생을
서걱거리며
흔들리며 지냈네

속살이 보일까 봐 깊숙이 감추고서
바람이 풀어놓은 석양 빛 밟고 가며
흩어진
흰 머리카락
도도하게 빗질하네

문학과 시조

문학의 매력에는
말로는 할 수 없고

글로는 고통 기쁨
느끼지 못하지만

인간이 성장하도록
도움 주는 학문이다

시조는 새소리를
글로서 표현하고

흐르는 시냇물은
가슴을 타고 흘러

찬바람 잎새와 사랑
온 누리를 태우네

2부

꽃과의 노래, 산울림,
계절의 변화

나비가 살랑살랑
꽃송이에 입 맞추면
발그레 물든 볼에
함박웃음 짓는데
바람이 시샘을 내면
산들산들 춤추네

쑥부쟁이

가난한 시골 촌놈 없는 것 재산 삼아
부족함 많은 것을 가장 큰 행복인 듯
찬바람 이슬 맞아도
용기 있게 일어나

중년을 넘기도록 모질게 살아온 날
풀 숲을 비집고서 보라색 꽃 피우니
가슴에 흐르는 눈물
샛바람이 닦아 줘

온 들녘 바라보니 잡풀은 안 보이고
바람에 흔들리는 별 닮은 쑥부쟁이
누리에 달빛 내리면
볼 붉히며 입 맞추네

함박꽃

어여쁜 아가씨가
미소 지며 웃고 있네

님 맞을 채비하고
바람결에 흔들리며

빨강색
입술 바르고
버선발로 나서네

딱새

산수유 가지 사이 보금자리 둥지 틀고
푸르른 잎사귀로 비 가리고 바람 막아
사랑이 뜨겁던 여름 새알 네 개 얻었네

엄마는 알을 품고 아버지는 망을 보며
두 달이 채 안 돼서 새 생명이 태어났네
부리로 물고 온 양식 어린새끼 먹여줘

부모의 공동육아 천륜으로 돌봐주고
영양가 높은 음식 시간 맞춰 먹이더니
어느새 어른이 되어 떠나버린 빈 둥지

꽃 마리의 꽃*

키 작고 이름 없는 손바닥 잎 하얀 풀꽃
함박꽃 잘 보려고 밟고 가는 발길에
짓눌려 숨죽이다가 꺾인 팔로 딛고서

나도 커서 빨간 잎술 화단을 차지하고
화려한 치장으로 마님사랑 받으면서
겨울을 모른 것처럼 활짝 웃고 지내리

해님이 눈이 부셔 달님 보고 일어나서
날 아는 이 없어도 홀로 곱게 지내련다
꽃 이름 천하다 해도 불러주는 이 있네

*꽃 마리의 꽃 : 가장 작은 꽃

억새꽃 2

땅거미 노을 되어 온 누리 물들이면
스쳐간 지난날이 말없이 소리친다
눈 우물
가득 고이는
고단함과 아쉬움

먼 길에 다리 풀린 갈색 의상 백수 머리
바람과 한 목소리 서걱대며 속삭일 때
당신과
함께 건너던
세월의 징검다리

가슴을 파고드는 주황색 보석 가루
양손에 움켜줘도 어둠만 남는 빈 손
지나온
아쉬운 여로
석양빛이 찬란해

구절초

얼음 속 뚫고 나와 청바지 갈아입고
봄소식 알리려고 숲속을 뛰어놀다
길가에 외로이 앉아
님이 오길 기다리네

그대는 청 저고리 파랑치마 단장하고
봄볕에 얼굴 탈까 저고리만 하늘하늘
오늘도 길가에 앉아
님을 향한 눈웃음

그대는 화사하게 웃음꽃 터트리니
벌 나비 몰려와서 얼싸안고 춤을 추고
찬 이슬 촉촉이 젖던
풀잎들도 설렌다

반야봉 철쭉

원시림 울창하고
숲 이룬 구상나무
반야가 신선되어 천상을 머물던 곳
빨치산 토벌 방화로
천년 고목 지키네

억울한 가슴 안고
민족 얼 혼을 묶어
피앗골 내를 따라 구르며 내려가다
민초의 영혼과 만나
안개 타고 오르네

풍난에 슬그머니
향기로 머무르고
철쭉꽃 탐욕스런 가슴에 파고들어
속살을 드러내더니
붉게 타네 온 산이

청대산

설악에 울산바위 대청봉 달미봉이
청대를 앞에 두고 둘러친 청대화병
청초호 맑은 물속에
노를 젓는 초승달

오월의 푸르름이 설악을 끌어안고
영랑호 깊은 물에 깊숙이 빠져본다
술잔에 비친 그림이
선비의 맘 달래네

청초호 가라앉은 설악과 동해바다
달빛에 은은함이 고요가 스며들고
민초의 서글픈 마음
외로움만 가득해

계절의 변화 -하지

씨감자 눈을 뜨고 남은 토막 다듬어서
아침상 밥 지을 때 함께 넣어 먹던 음식
한 끼니
연명하면서
메워주던 그 시절

텃밭에 고랑 켜고 구십 일을 못 기다려
울 엄마 호미 들고 조금 일찍 캐보는데
손에 든
바가지 안에
새알 가득 담겼네

장마가 시작되면 하지 날을 기다려서
온 가족이 함께 모여 감자 수확 나섰는데
봉당에
그득 찼으니
보릿고개 넘겠네

처서

한 낮에 쬐는 햇볕 대지를 불태우고
민초의 애타는 가슴 연기가 나는 구나
노여운
벼락 천둥에
긴 장마가 따르리

어느 새 끝나가는 열대야 속 찌는 더위
새벽엔 풀벌레 울음 한 낮엔 매미 소리
만물이
성장을 멈춰
가을걷이 재촉해

알알이 영근 곡식 황금 빛 물결치면
벼 잎에 이슬 말라 메뚜기 힘 빠질 쯤
가을 안은
겨울 문턱에
성큼성큼 다가오네

추석 달

고운님 생각하며 사랑방 툇마루에
외롭게 홀로 앉아 둥근달 바라보면
가슴만 타 들어가고
눈 호수엔 이슬이

송편을 잘 빚으면 예쁜 아기 낳는다고
금 쟁반 하나 가득 반달처럼 빚었는데
솔잎 향 가득한 저녁
옆집 총각 초대했네

추석 상 쟁반 위엔 초승달 수북하고
은하수 함지에는 둥근 달 누워있네
외양간 지게 위에는
국화꽃이 한가득

가을편지

은행잎 줄기마다 한 알씩 영글어간
징코민 영양 알을 많이도 만들더니
가지가 부러지도록 늘어지게 달았네

아기 손 닮은 단풍 파란 잎 많아지면
샛바람 찾아와서 빨갛게 물들이니
이슬에 젖은 단풍이 햇살 안고 수줍어

잠자리 비행하여 황금들 싣고 오면
우체부 메뚜기가 바쁘게 나눠 주고
풍년이 바람타고 와 가을편지 속에서

가을비

갑자기 내리는 비 움막집에 피했는데
온몸이 흠뻑 젖자, 소녀가 "어서 닦아"
두 볼이
빨개지면서
건네주는 손수건

멈추지 않는 장마 며칠을 내리는데
애타는 농부 가슴 연기만 나는 구나
햇볕이
찾아든 들녘
가을걷이 바빠져

여우비 지나간 뒤 정찰기 잠자리 떼
설익은 곡식 찾아 결실을 재촉하고
덜 마른
볏짚 더미에
바람 불러 말리네

추수

햇살을 등에 지고 비지땀 흘리면서
정성을 쏟아 부어 일궈 낸 모진 세월
황금빛 들녘을 보면
밀려드는 뿌듯함

먼동이 틀 때부터 땅거미가 질 때까지
갈 거지 바쁜 손길 힘든 줄을 모르면서
어깨를 들썩 거리며
풍년이라 노래해

모아 논 알곡들이 곡간에 그득하고
권속들 나눠 줘도 풍족히 쌓였는데
농부의 넉넉한 마음
사랑으로 나누네

유월

한겨울
엄동설한
땅속에 숨었다가

훈풍에
목 내밀고
화사한 웃음 짖네

초목은
세월 먹고 자라서
신록으로 가득해

열대야

어둠속 새싹들이
달빛에 반짝이며

꽃 등불 밝히더니
신록이 푸르른데

날씨도
무더운 것이
열대야가 걱정되네

3부

우리 집

삽작문 열고 들면
복실이가 꼬리 치고
미닫이 유리창에
망을 보던 우리 엄마
맨발로 뛰어나오며
반겨주는 우리 집

우리 집

동화 속
그림 같은
아름다운 우리 집

초록의
양단 위에
꽃과 나무 수를 놓고

삼대의
보금자리인
축복어린 안식처

고장 난 분쇄기 1

분쇄기
덜컹덜컹
기계가 멈춰 섰다

직원은
응급조치
사장은 원인규명

의견이
서로 엇갈려
기계 분해 정밀검사

고장 난 분쇄기 2

주축이
절단되어
큰 사고 나기 직전

남은 봉
모두 갈아
미연에 방지하니

사십 년
오랜 노하우
위험에서 구했네

들깨 농사

지난해 가뭄으로
깨 농사 소출 적어

아껴둔 종자 씨앗
파종 뒤 모두 짜서

아들딸 모두 내주고
남은 알곡 한 톨 없네

온 유월 여름까지
나물로 이어질 때

살충제 역할 하는
깨 기름 필수인데

햇곡식 나올 때까지
악식하며 참아야지

소중한 다리 2

지금은 모두 갖고
부족함 모르지만

다리로 못 걸으면
모든 것이 필요 없네

좋은 곳 맘대로 못 가고
의지하며 가야하지

여유도 도망가면
움직임이 심각하고

안방만 지키려니
외로움은 친구되네

시조로 얼을 살려서
근력 찾고 일어나리

마음에 빗장을 풀며

좋거나 나쁘거나
오늘 하루 지나가면

엎지른 물이 되어
지난 시간 오지 않고

어차피 안 된다는 불신
텅 빈 머리 가득해

첫 새벽 일어나서
정화수에 얼굴 닦고

헝클어진 머릿속에
갈피 찾고 가닥 잡아

마음의 빗장을 풀면
밝은 세상 보이네

새해벽두

새해엔 꿈을 안고 기와집을 짓다 헐다
힘들 땐 주저앉아 포기하고 싶어진다
그래도
견뎌내면서
내 갈 길을 간다네

대지가 꺼져 앉고 하늘마저 무너져도
한번 지은 집을 옮길 수 있으랴
꿋꿋이
지키노라니
버젓하게 서 있네

부족한 시 한 수를 절차탁마 다듬어서
온 누리 불 밝히는 희망 주는 등불 되고
민초의
언 가슴 녹이는
밝은 빛이 됐으면

비밀은 없다

인생은
구름 같은
많은 사연 만들면서

뒷거래
한 두 가지
가슴 깊이 숨겼는데

족집게
비밀 밝히니
숨길 곳이 없구나

공짜는 없다

누운 채 하품하고 다리 쭉 펴 힘을 모아
발 떼다 넘어지고 일어서다 주저앉고
수천 번
연습을 해야
두 다리로 걸어가네

중지에 굳은살과 물집 잡힌 엉덩이에
머리에 쥐가 나면 망연자실 목욕하고
인고의
시간 넘겨야
취업 문이 열리네

사업을 시작해서 시행착오 거듭하고
임계점 죽음 문턱 넘어서야 얻어지듯
세상사
공짜는 없다
대가 치른 장인아

정답이 없다

문학의 멋진 매력 말로 다 할 수 없고
고통과 기쁨들을 글로 다 나타낸다
적절히 표현 잘 하면
온 세상에 귀감 되고

처음에 쓴 글을 보면 걸레보다 못했는데
여러 번 고쳐 쓰고 수 십 번을 다듬으니
한 순간 얼음을 뚫고
꽃 봉우리 틔우네

서투른 어휘 엮어 문장을 이어가면
인문학 깊은 숲에 조금씩 발길 가고
정답이 각기 다르듯
그 향기도 다채롭다

당신의 꿈

꿈꾸며 가슴 설렌
주옥같은 시간 가고
한 남자 아내이자 두 아이 어미로서
가난한 일상 속에서
바람 잘날 없었는데

피부에 깊게 파인
고랑 같은 주름들이
세월의 아픔이고 바람 같은 흔적인 걸
시간이 흘러 갈수록
매 순간이 소중해

서로 덕 보자는 맘

덕 보려는 맘
품고 결혼하면

신혼의 깨단지도
깨지고 마니

달님께 빌어보아도
붙일 수가 없구나

사랑의 창 잠그면
이상의 꿈 안 열리고

마음의 문 닫으면
주변이 적막강산

가진 것 모두 털어서
헐값으로 팔아야

베푸는 마음으로

사랑을 베푼다는
마음으로 고르면

벙어리 삼룡이도
하늘내린 낭군이듯

길가는 뭇사람들도
내 맘 먹기 달렸네

서로가 말 없어도
필요한 것 챙겨주고

살면서 당신에게
덕본 것만 생각하면

일생을 살아가는 데
아무 지장 없어요

원 코로나19 종식

지구촌 마을마다 아름답게 가꿨는데
코로나 네가 와서 뻐꾸기 알 낳아놓고
네 새끼
나를 밀치고
종족번식 하느냐

봄 가뭄 여름 장마 온 누리를 수장하며
지진에 땅 꺼지고 혹한 폭설 몰아쳐도
잠시만
쉬었다 가면
원점으로 가는데

시간이 지날수록 변종으로 거듭나니
마고의 심술인가 원하는 게 무엇인가
선비가
노하기 전에
지구촌을 떠나라

보릿고개

겨우내 아껴먹던 양식 모두 바닥나고
목숨 건 초근목피 연명하던 보릿고개
한숨과 시름 달래며 들판 보며 이겨내

나물죽 한 그릇에 물바가지 배 채우며
구름에 달 가듯이 허리 굽혀 밭 일구고
어렵게 고개 넘으면 좋은 날도 오겠지

대 이은 농사일을 벗어날 길 없었는데
새 식구 늘어나고 새로운 일 찾아내서
삶의 질 모두 높아져 잊어버린 줄 가난

보장된 투자

사람을 만난 순간
한 두 촌각 필요하고

친구와 사귈 때는
한 시각이 소요된다

사랑을 이루기 위해
하루 해가 지난다

인연을 잊는 것은
일생 동안 걸리는데

하찮은 베푸는 맘
가슴 깊이 심어주면

인생에 보장된 투자
좋은 기억뿐이다

내가 살아보니까

겉모습 볼 것 없다 어른들 바른 말씀
돈 없고 능력 없는 합리화라 코웃음 친
그 말이 흰 소리 되어
빈 가슴에 울리네

예쁘고 잘생긴 건 거리에서 구경하고
실력 쌓고 경험함이 내 실속 차리는 것
남에게 덕을 베풀면
몇 곱으로 돌아오네

베푼 사랑 꽃 되어 자취를 남기고
주린 배 채워주는 열매는 기적이라
남 모를 작은 선행이
씨앗 되어 컸구나

행복

행복은 요란하고
거창한 데 있지 않고
오히려 매우 작고 사소한 데 있다하네
가슴에 따뜻한 정이
오고 갈 때 느껴지지

눈과 눈 마주치고
손과 손을 잡아주며
잔과 잔 부딪치고 사랑으로 포옹하면
더불어 울고 웃으며
공감하며 하나 되지

따뜻한 말 한마디
섭섭한 맘 풀어지고
수고의 칭찬에는 서린 한을 녹여주며
지칠 때 안아 준 사랑
얼은 가슴 녹여내지

행복은 구체적이다

배움은 스스로가 방향이 명확하고
간절히 필요할 때 그래야만 재미있다
행복도 일정한 모습 갖추어야 이룬다

돈의 힘 의지해서 흥청망청 행동하고
권력을 등에 업고 무소불위 하다보면
재물도 물거품 되어 재앙으로 돌아온다

초심을 끄집어내 사소한 것 챙겨주고
목숨을 다하여서 관심주고 섬긴다면
베풀고 주는 것만큼 행복으로 익는다

성공

그대가 진심으로
성공하길 원한다면

어중간 건성건성
대충 대강 낱말들과

친하게 지내지 말라
그것들은 삼류다

죽음을 불사하고
한 분야 몰두해서

밤낮을 안 가리고
미쳐야만 이뤄진다

명문대 시험합격이
성공보장 안 해준다

노숙자

토관 속 노숙자를 형님으로 섬기면서
식당에 모시고가 식사대접 하였더니
온 동네 사람들 모여
수군대는 매의 눈

밥 한 끼 나누면서 그분 사연 들어보니
경제적 궁핍으로 걸인 신세 한탄하네
이제는 돌아갈 수 없는
처자식이 그리워

차 한 잔 나누면서 용돈 주고 차비 주며
새롭게 용기 얻어 거지생활 청산하고
고향 길 마련해 주니
새로운 삶 살겠네

물 한 방울

머리에 태양이고 여름 산행 떠나는데
땡볕에 콱 막힌 숨 바람마저 쓰러지고
탈수로
식욕도 잃어
쓰러질까 두려웠지

물 안내 표지 따라 가파른 길 내려가니
샘물은 말라있고 수로 끝에 괸 물방울
한 컵에
모아 담아서
타는 목을 적셨네

잰걸음 하산하여 생수로 목축이고
삼경을 훨씬 넘겨 긴 산행을 마쳤는데
한 방울
물의 소중함
온몸으로 느꼈네

4부

진리

구부러지면 오히려
똑바로 펼 수 있고
굽으면 뻗기 쉽고
많으면 망설이고
적으면 도리어 많이
얻을 수도 있는 법

진리

학벌이 높다 하고
두뇌가 명석해도

사람 도리 깨치려면
모든 일에 자중해야

지식은 작은 모래알
한 톨밖에 안 되니

한 방울 흘러온 물
원천을 생각하고

물 한 잔 마실 때도
소중함을 잊지 마라

말과 글 표현 못하는
진리 근원 깨쳐라

위기극복

산불로 집 잃고 수용생활 몇 년짼가
수해로 잠긴 터전 살아갈 길 막막한데
새로이 닦는 터전은 삼대 가야 된다네

굶주림 못 견디고 구걸에 나서보니
만나는 사람에게 보기 좋게 거절당해
세상은 나만 편하면 이웃에겐 무관심

정부가 문화주택 전액 지원 마련하고
집단촌 만들어서 기초살림 도와주면
체육관 수용소 생활 벗어날 수 있는데

나눔

무도장 문 앞에서 구걸하는 소년에게
만 원 주며 용기내라 격려한 말 신의 선물
절반은 노숙 걸인께 아낌없이 드렸네

노인은 빵을 사서 신문팔이 나눠주고
소년은 남은 조각 길 잃은 개 주었는데
없지만 서로 나누는 아름다운 마음씨

길 잃은 강아지를 주인에게 찾아주니
고마움 사례비로 금일봉을 건네주고
착한 일 귀감이 되어 취직자리 얻었네

작은 일 서로 도와 가슴 열고 덜어주니
행복이 구름 타고 폭포처럼 쏟아지고
외로움 샛바람 타고 소리 없이 떠나네

손 2

도시락
배달하러
복지관 들렀는데

손에 든
점심 저녁
옛 추억 생각나네

사람이
도시락보다 더
그리운 독거노인

손 3

아기는 입에 물고
소년은 나눠 먹고

청년은 봉사하며
어두운 일 안 가리고

내 손이
필요했는데
힘 빠지니 못가네

산천어 축제

먼 바다 이웃하며 동무와 놀던 자리
곳곳에 길이 막혀 오갈 수 없는 물길
조상들 탄식 소리에 잊지 못할 고향 강

금강수 맑은 물에 목숨을 담보하여
모질게 살다 보니 타향이 고향 되고
지금은 명성이 높은 산천어가 되었네

둘러친 임산배수 일급수 자랑하고
맛 자랑 멋 자랑에 세계 이목 끌어들여
평화를 향한 인파가 몰려드는 잔치 터

삼일계곡

수려한 경관 안에 숨겨진 전쟁 상처
가슴에 묻어두고 아무 일 없다는 듯
발길이 닿지 않은 곳
옛 모습을 그리네

화악산 협곡 위에 오뚝한 촛대바위
소나무 용트림에 신선이 내려오면
정자에 함께 노닐며
유유자적 풍류 즐겨

원시림 둘러싸인 독특한 바위 보며
태초의 자연 담은 경치가 아름다워
길 아래 춤추며 흐르는
물소리를 듣누나

희망

등경 위 타고 남은
몽땅한 초 한 도막
원형은 사라지고
초라한 네 모습은
오로지 나라를 위해
목숨 버린 희생아

거꾸로 꽂혀있는
철모 쓴 나뭇가지
팔다리 날아가고
몸통이 녹아 흘러
초연히 사라져가며
꿋꿋이 서 있는 너

빼앗긴 민족의 얼
가슴에 깊이 새겨
대가를 초월하여
어둠 속 빛이 되어
영원히 끝없는 사랑
남은 삶의 내 갈 길

눈물로 띄우는 편지

머리칼 한 줌 뽑아 인모 필 만들어서
가슴 괸 수정 물로 먹을 갈아 써봅니다
그 옛날 그리운 형제
추억마저 잊었나

꽃단풍 나무 아래 두 손을 마주잡던
영혼의 불꽃인가 별처럼 곱던 눈빛
꿈엔들 잊혀지리요
몸부림 친다한들

인생의 다른 길에 서 있는 두 그림자
장애가 밀어내는 운명의 엇갈림에
눈물로 띄우는 편지
부칠 곳이 없구나

나뭇잎 일생

혹한이 떠난다고 털모자 쓰고나와
얼음물 덮어쓰니 파랗게 멍이 들고
햇살에 기대어 서서
얼은 몸 녹여보네

푸른 잎 무성하게 사춘기 지내면서
불볕에 타는 가슴 긴 장마 폭풍 맞고
번갯불 내려앉으면
천둥벼락 몇 다발

옛사랑 다가와서 찬바람 안겨주니
빨강 노랑 알록달록 전신에 멍이 들고
살점을 떼어내 썩혀
거름으로 환생하네

'사로한묵 집' 발간을 축하드리며

푸른 솔 변함없고 곧은 대 강한 모습
침통을 옆에 차고 불의를 목격할 때
급소에 한침 놓으면 제자리로 돌아가

버려진 빈터 갈아 농작물 고루 심어
가슴 괸 물을 주고 얼 담아 얻은 결실
이웃에 나누는 삶이 오십 년이 되었네

마음은 이십 대요 건강은 삼십대라
올곧은 선비의 삶 찾아볼 수 없으니
하늘도 감동을 하여 백오십 수 누리네

용서에 대하여

뇌물죄 기소되어
교도소 수감 중에

검찰이 이해되고
위증자 용서했네

내면엔
말도 안 된다
억누르고 삼킨다

*변양호 신드롬 중에 긴급체포 만난 님 중에서

진짜 인생

밥상에 앉아서도 화장실에 들어서도
어째야 잘 되는가 골똘하게 생각한다
휴지가 버려진 곳에 쓰레기통 놓는다

반찬이 떨어지면 손님이 말하기 전
빈 그릇에 채워주는 친절한 주인의식
주는 걸 잘 해야 만이 더 빠른 꿈 이룬다

능동적 행동에 민첩한 오류시정
처진 사람 끌어주어 함께 갈 줄 아는 이
회사 내 이런 친구가 임원 사장 빨리되지

목재로 쓸 나무는 떡잎부터 다르듯이
딱 보면 몸가짐이 남다르게 보이네
그 눈빛 반짝거리고 긴장감에 깨있네

매사에 부지런해 남들보다 앞서가고
온 종일 움직여도 피곤한 기색 없이
변명이 필요 없는 듯 제 할 일만 하누나

5부

길손

앞산에 황장 금송
피톤치드 가득하고

장작불 가마솥에
모락모락 김 오르면

울 엄마 차려준 밥상
생각나는 고향집

솔모루*

앞에는 푸른 솔 산 뒤에는 실개천이
그립던 초가 마을 나 자란 그리움 터
꿈에도 잊을 수 없는 엄마 품이 그립네

제재소 톱밥 산에 구멍 바지 코흘리개
장마에 강물 불면 헤엄쳐 갔다 오고
바구니 물고기 가득 매운탕에 배 채우던

지난 날 생각나서 한자리 모였는데
물장구 치며 노는 손자들 웃음소리
지금은 돌아갈 수 없는 아련하다 어린 시절

*솔모루: 소나무 모퉁이

바다 구경

농한기 한 겨울에 쌀가마 등에 지고
비포장 완행버스 언덕길 올라가서
사촌 집 문 두드리니 반겨주는 큰 엄마

처음 본 바다 생선 배불리 먹어 보고
바닷가 방파제에 올라서 보는 순간
파도가 치는 소리에 깜짝놀라 나왔네

안개낀 이른 새벽 산기슭 신작로에
추위에 떨던 나를 아버지 외투 잡고
그 품에 파고 들어서 쌔근쌔근 잠들었네

단일로 비상도로 한계령 고갯길을
화물차 적재함에 버스로 갈아타고
건어물 한 짐 지고와 바다 자랑 끝이 없네

백무동*

늦가을 찬 공기가 가슴 깊이 파고들 때
중국의 한신 장군 피신하여 머물던 곳
황제를 모시던 여신 수도하던 명당 골

그 옛날 천신의 딸 마고공주 내려와서
반야와 혼인하여 백여 명의 딸을 낳아
모두 다 무당이 되어 출가시켜 보냈네

높은 산 자욱하게 안개 골로 이름 짓고
무사골 깊은 계곡 무인들이 살았는데
상중하 이어지면서 백무동이 되었네

*백무동 : 지리산 계곡 이름

직지

흥덕사 묻혀있는 독보적 정보기술
지혜를 끌어내어 세계에 으뜸 되니
문명사 가장 큰 발명 온 인류가 감동하네

깨우친 직지심체 찾아낸 백운화상
환생의 흰 옷자락 창조적 기를 불러
민족 얼 새롭게 살려 온 누리에 밝히고

차세대 반도체를 혼담아 토해내서
한민족 하나 되어 열강을 호령하면
한반도 거듭 태어나 대대손손 번영하리

수원 화성의 성공비결

신료의 헌신적인 노력과 왕의 위엄
신도시 건설 때는 가족 먼저 이주시켜
장기간 안정 되도록 책임 맡긴 정조대왕

날품으로 취급받던 투입된 공사 몸값
부역을 시킨 대신 성과급 일의 효율
원근의 차등을 두어 약자도 돈벌이 돼

성곽의 공사 설계 동시에 진행하여
단기간 공정 중첩 단축법 기여하고
신 공정 관리 극대화 현대에도 적용하네

가네소 폭포

수려한 경관 아래 물소리에 매료되어
옛 도인(道人) 자리 잡고 수행한 지 열두 성상
양쪽에 밧줄로 묶어 눈 가리고 건너는데

천년을 주름잡고 지켜온 마고할매
셋째 딸 지리산녀 넌지시 불러내어
미인계 발동하도록 심술부려 장난하네

기 빠져 매달린 채 안간힘을 써보지만
유혹에 넘어가서 물속 깊이 빠졌구나
실패한 이생의 도인 이제 그만 가려 하네

겨릿소

폭우가 쏟아지자 논밭이 개울 되어
농작물 쓸어가니 식량난 걱정 되네
부잣집 장래 쌀 먹고 값을 길이 막막해

겨릿소* 몰이하고 새벽 잠 걸으면서
체중이 반쪽 나고 피골은 상접한데
허리 띠 졸라매면서 밤낮 없이 일 하네

애벌 논 매어놓고 쌀 한 말 등에 지고
파라호 상무룡리 어부 집 찾아가서
상품성 없는 물고기 얻어다가 보양 하네

품값을 두 배 받고 하루에 곱절 일 해
외양간 누렁이도 두 몫을 해 냈구나
일 년에 두 마지기면 가난살이 극복하지

*겨릿소: '겨리를 끄는 소'라는 뜻인데, 겨리는 '소 두 마리가 끄는 쟁기 두 마리가
　　　　끌고 가면서 논 밭 가는 연장

개혁

초하루 보름에는 대문 앞에 하얀 쌀밥
아이가 아플 때나 집안에 흉 경사도
치성 밥 내다버리나 굶주린 배 채우지

사연을 물어보니 내 위에 형님 둘이
원인을 모를 병에 저 세상 가셨다고
너희들 위해서라며 어른들이 하는 일

사춘기 접어들어 부모님 설득하고
미신을 지속하면 집나간다 독립선언
황당해 놀란 아버지 미신타파 하셨네

어색한 제삿날도 새로운 바람으로
아이들 볼 살찌고 번거로움 없어지고
새로운 개혁에 의해 웃음꽃이 가득하네

아버지의 눈물

청년회 가입해서
사십 년 봉사활동

어린이날이 되면
아이들 동네잔치

청소년 가장 돌보며
바로 살게 도움 줘

교도소 방문하고
독거노인 돌보면서

내 아이 학교 갈 때
학부모 회의 한 번

참석해 본 적 없어도
잘 자라준 아이들

기도 1

예배당 천정에서
녹물이 떨어지고

바람이 부는 날엔
무릎이 시려오네

무일푼 몸으로 때워
세월 가면 집이 될까

처자는 눈을 팔러
서울에 갔다 오고

뒷집에 오대 독자
임금을 선불 받아

뜻 모은 애절한 기도
기적이라 말하네

어머니의 길

어릴 적 궁핍할 때 연이어 흉년 들어
부잣집 문전걸식 식은 밥 구걸해서
눈물 밥 먹여주시던 보고 싶은 울 엄마

논밭 일 억척같이 자식들 뒷바라지
휘어진 허리 펴서 흘린 땀 닦아본다
오로지 가족 걱정에 거칠어진 손과 발

그 옛날 추억들을 까맣게 잊었는가
어머니 생각나서 여행가자 물었더니
하늘엔 별 하나 반짝 내 눈빛을 맞추네

복 손

밭머리
참나무 섶
거름 넣은 구덩이에

원 그려
다져놓고
엄마는 날 부르네

호박씨
심으라시며
어린 내게 시켰네

감자떡

호미에 찍힌 감자
새알만 한 알갱이를

항아리 가득 담아
여름 내내 썩혀 내서

윗물을 따라버리면
하얀 녹말 남았네

강낭콩 소를 넣어
가마솥에 삶아내면

하얀 김 모락모락
배 채우던 햇 감자떡

저녁 내 팥 방구리 쥐
드나들 듯 먹었네

이백의 혼술

하늘이 사랑한 술 주성별 이름 짓고
땅에도 좋아하는 주천을 지명했네
천지가 모두 술이야 흥이 넘쳐 신선된 나

청주는 성인 비견, 탁주는 현자 같아
석 잔에 대도 도통 한 말에 자연합일
술에서 얻는 이 기쁨 깬 자에겐 등 돌리고

음주 시(詩) 대표주자 이백을 손꼽는다
술 한 말 마시면서 시 백 수 지어내고
술집에 곯아 떨어져 황제 호출 주중선*

*주중선(酒中仙) : 술을 마시고 세상일을 잊어버리고 사는 사람

홍시

대간 길 지나갈 때 산 아래 밭자락에
앙상한 가지마다 주홍 보석 열매들이
세차게 부는 바람에 땅에 닿듯 앉았네

하나를 몰래 따서 맛있게 먹었는데
소나무 가지 위에 까마귀가 망을 보며
길손의 시장한 처지 눈을 질끈 감았네

발길을 재촉하며 마루금*을 향하는데
산 까치 내려앉아 저녁만찬 홍시사랑
농부의 흡족한 마음 달님조차 미소 짓네

*마루금 : 산마루와 산마루를 잇는 선

별똥별

모깃불 피워놓은 앞마당 자리 위에
팔베개 하고 누워 하늘을 바라보며
별자리 세어보면서 밤 깊은 줄 모르네

북두칠성 국자모양 곰 자리 은하수별
황금빛 한 줄기가 살같이 가로 질러
지평선 저 산 너머로 사라지는 별똥별

수많은 은분 요정 나 보며 손짓하니
달님이 다가와서 웃으며 입 맞추고
울 엄마 품에 안겨서 별을 안고 잠드네

백로

창문을 활짝 열고
세상을 내다보니
저마다 뽐내면서 남의 탓 일색이고
잠자코 들여다보면
거짓말이 태반이라

나라를 이끌어 갈
높은 곳 차지하면
내 몫은 챙겨놓고 덤으로 더 챙기네
그것은 민초의 목숨
죽어가는 굽은 나무

까마귀 슬피 울며
백로를 꾸짖는데
긴 목을 뽑아 올려 도끼 눈 바라보니
흰 털이 퇴색되어서
회색으로 변했네

길손

산 속은 미명인데 잡새들이 지저귄다
비박 객 일어나서 갈 길 찾아 떠나라고
내 마음 기댈 곳 없어 먼 하늘만 바라보네

햇살이 퍼진 아침 눈이 부셔 일어난 새
저마다 목청 높여 소리 내어 재촉하니
갈길을 찾지 못하고 정처없이 떠도네

땅거미 내려앉아 고요만이 흐른 저녁
먼 산에 꿩 내외가 나래 접고 울어대면
지난 날 그리움 속에 달빛마저 서러워

해설

―――――

『억새꽃 핀 언덕에서』를 읽고

윤덕진(연세대 명예교수)

『억새꽃 핀 언덕에서』를 읽고

윤덕진(연세대 명예교수)

여기에 삶의 고비를 시조의 굴곡으로 전화시킨 "위대한 승리"의 기록을 보여 드립니다. 삶의 승리이기도 하면서 시조의 승리이기에 감히 "위대한" 이라는 수사를 얻었습니다.

한국 시조의 발전은 16세기의 사화를 계기로 정치적 함의가 튼실한 양식의 내면화를 달성하였습니다.

곳이 진다 하고 새들아 슬허 마라
바람에 훗날리니 곳의 탓 아니로다
가노라 희짓는 봄을 새와 므슴 하리오

송순의 작품으로 알려진 이 시조 배면에는 훈구파 권신 진복창과 그에 대항하는 젊은 사림 송순의 일화가 담겨 있습니다.

또는, 기묘사화에 희생된 동류에 대한 애도로 읽히기도 합니다. 기묘사화는 조광조 일파에 대한 처단에 희생된 사림을 추도하는 사회적 진혼가를 탄생시켰습니다. 남해에 유폐되었던 자암 김구의 가사 〈화전별곡〉과 현실비판 시조 작품들이 진혼의 테두리를 이루고 있으며, 송순의 다음 작품이 그 유향을 이어 받았다고 할 수 있습니다.

風霜이 섯거친 날에 ᄀ 픠온 黃菊花를
金盆에 ᄀ 득 다마 玉堂에 보내오니
桃李야 곳이오냥 마라 님의 ᄠᆞ을 알괘라
(宋純: 『珍本 靑丘永言』)

 종장 첫 마디의 도리(桃李)가 국화의 절조에 대응하는 변절과 사욕을 대유함은 모두 잘 알고 있습니다. 이 선명한 이분법 현실인식 방법이 후대 시인들의 전범이 된 길도 우리에겐 익숙합니다. 다만, 그 시조 양식에 의한 실현이 숨어버린 점은 누구도 밝히지 못한 시조사의 장애로 남아 있습니다. 오늘, 우리 앞에 놓이게 된 『억새꽃 핀 언덕에서』를 이 장애 극복의 기치로 삼고자 합니다.

 『억새꽃 핀 언덕에서』는 크게 〈고향〉 〈길손〉 둘로 나뉜다. 〈고향〉에는 1부 고향, 시조에 밤 듸으며, 2부 꽃과의 노래, 사움림, 계절의 변화를 옮겨가는 경로가 3부 우리집으로 귀착하는 모습이 순탄하기만 하다.

「우리 집」을 한번 읽어보자.

동화 속
그림 같은
아름다운 우리 집

초록의
양단 위에
꽃과 나무 수를 놓고

삼대의
보금자리인
축복 어린 안식처

　거쳐 온 경로가 어떻든 간에 제시된 물상이 고즈넉이 놓여있는 이 모습을 시인의 마지막 귀착점으로 볼 수 있을까? 1~3부에 거쳐 펼쳐지는 자연과 그에 감응하는 섬세한 손길은 다 어디로 숨어버린 것일까?

추수

햇살을 등에 지고 비지땀 흘리면서
정성을 쏟아 부어 일궈 낸 모진 세월

황금빛 들녘을 보면
밀려드는 뿌듯함

먼동이 틀 때부터 땅거미가 질 때까지
갈 거지 바쁜 손길 힘든 줄을 모르면서
어깨를 들썩 거리며
풍년이라 노래해

모아 논 알곡들이 곡간에 그득하고
권속들 나눠 줘도 풍족히 쌓였는데
농부의 넉넉한 마음
사랑으로 나누네

　이처럼 풍요로운 가을 정경에 자족하는 모습이 집으로 전화
되어 버린 것일까?

추석 달

고운님 생각하며 사랑방 툇마루에
외롭게 홀로앉아 둥근달 바라보면
가슴만 타 들어가고
눈 호수엔 이슬이

송편을 잘 빚으면 예쁜 아기 낳는다고
금 쟁반 하나 가득 반달처럼 빚었는데
솔잎 향 가득한 저녁
옆집 총각 초대했네

추석 상 쟁반 위엔 초승달 수북하고
은하수 함지에는 둥근 달 누워있네
외양간 지게 위에는
국화꽃이 한가득

　그리움이라는 보편적인 정서에 경험의 굴곡들이 묻혀버린
것일까?

반야봉 철쭉

원시림 울창하고
숲 이룬 구상나무
반야가 신선되어 천상을 머물던 곳
빨치산 토벌 방화로
천년 고목 지키네

억울한 가슴 안고
민족 얼 혼을 묶어

피앗골 내를 따라 구르며 내려가다
민초의 영혼과 만나
안개 타고 오르네

풍난에 슬그머니
향기로 머무르고
철쭉꽃 탐욕스런 가슴에 파고들어
속살을 드러내더니
붉게 타네 온 산이

　아니면, 시인에 의해 자기화 된, 선 굵은 향토성에 자잘한 세부들이 묻혀버린 것일까?*

　〈길손〉에 그 답이 들어 있다.

　제3부 '마음에 빗장을 풀며'는 어떤 전환이 시인 내부에서 일어났음을 알려준다.

---

*이 작품을 특기하고자 한다. 이 안에는 신화와 역사가 공존하며, 이성적 성찰에 기반한 거시적인 현실인식과 감각에 의존하는 미시적인 사물파악이 교직되어 있다. 시인은 자연을 반영하는 거대한 운율의 파고 속에서 가슴 속 깊이 간직한 진주조개의 현란한 광채에 직면한 듯싶다.

마음에 빗장을 풀며

좋거나 나쁘거나
오늘 하루 지나가면

엎지른 물이 되어
지난시간 오지않고

어차피 안 된다는 불신
텅 빈 머리 가득해

첫 새벽 일어나서
정화수에 얼굴 닦고

헝클어진 머릿속에
갈피 찾고 가닥 잡아

마음의 빗장을 풀면
밝은 세상 보이네

　비로소 시인이 안주하는 〈우리 집〉이 도피의 공간만이 아님을 깨닫게 된다. 그러고 보니 시조집의 편차가 예사롭지가 않다. 3부 중반 시들이 시인의 의식 전환을 가리킨다면, 중반 이

후 '내가 살아보니까'에서는 그 계기를 구체적으로 제시하였다.

행복은 구체적이다

배움은 스스로가 방향이 명확하고
간절히 필요할 때 그래야만 재미있다
행복도 일정한 모습 갖추어야 이룬다

돈의 힘 의지해서 흥청망청 행동하고
권력을 등에 업고 무소불위 하다보면
재물도 물거품 되어 재앙으로 돌아온다

초심을 끄집어내 사소한 것 챙겨주고
목숨을 다하여서 관심주고 섬긴다면
베풀고 주는 것만큼 행복으로 익는다

　구태여 행복의 조건을 규정하려는 시인의 속내에는 사는 게 그리 녹녹치 않다는 체험이 담겨있다. "보릿고개"의 체험을 거쳐 성공의 조건을 터득한 시인의 포부는 선행을 쌓아서 세상을 정화하려는 의욕으로 확산된다. 4부 초반 이후부터는 진리는 존재의 의미를 규정해 나가면서 더 높은 곳을 향하려는 강한 의지가 도처에 자리 잡고 있다.

진리

학벌이 높다하고
두뇌가 명석해도

사람도리 깨치려면
모든 일에 자중해야

지식은 작은 모래알
한 톨 밖에 안 되니

한 방울 흘러온 물
원천을 생각하고

물 한 잔 마실 때도
소중함을 잊지마라

말과 글 표현 못하는
진리 근원 깨쳐라

위의 작품이 '진리근원'을 탐구하려는 열망의 표출이라면,

희망

등경 위 타고 남은
몽땅한 초 한 도막
원형은 사라지고
초라한 네 모습은
오로지 나라를 위해
목숨 버린 희생아

거꾸로 꽂혀있는
철모 쓴 나뭇가지
팔다리 날아가고
몸통이 녹아 흘러
초연히 사라져가며
꿋꿋이 서 있는 너

빼앗긴 민족의 얼
가슴에 깊이 새겨
대가를 초월하여
어둠 속 빛이 되어
영원히 끝없는 사랑
남은 삶의 내 갈 길

'희망'은 '진리근원'의 그침 없는 실현을 위한 '갈 길'에 대한 결의의 표명이다.

　시인의 진실한 열망과 결의는 참된 인생의 길을 제시하는 데
에까지 이른다.

진짜 인생

밥상에 앉아서도 화장실에 들어서도
어째야 잘 되는가 골똘하게 생각한다
휴지가 버려진 곳에 쓰레기통 놓는다

반찬이 떨어지면 손님이 말하기 전
빈 그릇에 채워주는 친절한 주인의식
주는 걸 잘 해야 만이 더 빠른 꿈 이룬다

능동적 행동에 민첩한 오류시정
쳐진 사람 끌어주어 함께 갈 줄 아는 이
회사 내 이런 친구가 임원 사장 빨리되지

목재로 쓸 나무는 떡잎부터 다르듯이
딱 보면 몸가짐이 남다르게 보이네
그 눈빛 반짝거리고 긴장감에 깨있네

매사에 부지런해 남들보다 앞서가고

온 종일 움직여도 피곤한 기색 없이
변명이 필요 없는 듯 제 할 일만 하누나

　　평범한 규범의 제시인 듯하지만, 자신의 처세관을 그대로 피력한 점에서 시조계에 특출한 발언이라고 할 만하다. 특출한 신기로움이 문학의 한 본령이기는 하지만, 신기로움만 가지고는 시인의 포부를 모두 드러내기에는 부족한 법이다. 5부 '솔모루'의 고향 풍치로부터 「직지」 「백무동」 등의 고적 탐방이 「수원화성의 성공비결」에 이르러서는 전통에의 연계가 확연히 드러나면서 그동안의 모색이 단순한 개인 차원에서 멀고도 깊은 세계로 상승되어 있음을 알게 된다.

수원 화성의 성공비결

신료의 헌신적인 노력과 왕의 위엄
신도시 건설 때는 가족먼저 이주시켜
장기간 안정되도록 책임 맡긴 정조대왕

날품으로 취급받던 투입된 공사 몸값
부역을 시킨 대신 성과급 일의 효율
원구의 차등을 두어 약자도 돈벌이 돼

성곽의 공사 설계 동시에 진행하여

단기간 공정 중첩 단축법 기여하고
신 공정 관리 극대화 현대에도 적용하네

　시인의 현실 인식이 한갓 논리적 공정에 의존하지 않고 경험과 사상이 혼융된 성숙한 단계에 이르러서 마침내 미래를 전망하는 차원 높은 경지에 이르렀음을 보여준다.

나뭇잎 일생

혹한이 떠난다고 털모자 쓰고나와
얼음물 덮어쓰니 파랗게 멍이 들고
햇살에 기대어 서서
얼은 몸 녹여보네

푸른 잎 무성하게 사춘기 지내면서
불볕에 타는 가슴 긴 장마 폭풍 맞고
번갯불 내려앉으면
천둥벼락 몇 다발

옛사랑 다가와서 찬바람 안겨주니
빨강 노랑 알록달록 전신에 멍이 들고
살점을 떼어내 썩혀
거름으로 환생해

아무런 특이함이 없는 나뭇잎의 일생을 통하여 나서 자라고 죽었다가 다시 나는 자연의 철칙을 음미하는 자세가 동요도 과시도 없이 담담하게 그려져 있다. 비로소 이 시인이 온갖 처세의 신산고초와 생활의 불편부당을 무릅쓰고 담백한 관조를 토로하던 조선조 선비들의 모형을 실현하였음을 보게 된다. 그렇다! 시조사는 과거에서만 확인되는 것이 아니라 이처럼 끊임없는 모색과 자기 갱신의 노력을 통하여 현재형으로 실현되어 나감을 조 시인을 통하여 본다는 기쁨을 해설의 맨 뒤에 붙여본다.

가락 타고 흐르는 의미는 어떤 막힘도 장애도 없이 읊는 이의 마음에 들어선다. 철묵 시인이시여, 그대가 오랜 침묵을 깨뜨리고 이룬 조화가 시행마다 시련마다 어우러지는 소리를 끝내 들려주시기만 바랄 뿐이라오.

감자떡

호미에 찍힌 감자
새알만한 알갱이를

항아리 가득 담아
여름 내내 썩혀 내서

윗물을 따라버리면

하얀 녹말 남았네

강낭콩 소를 넣어
가마솥에 삶아내면

하얀 김 모락모락
배 채우던 햇 감자떡

저녁 내 팥 방구리 쥐
드나들 듯 먹었네

　그야말로 "팥 방구리 쥐"처럼 자족적인 가락이 널려 있다. 박수를 받아야하는 철묵은 아직도 길손이다.
　흥이 미진하여 마지막 한 편 더 놓는다.

홍시

대간 길 지나갈 때 산 아래 밭자락에
앙상한 가지마다 주홍보석 열매들이
세차게 부는 바람에 땅에 닿듯 앉았네

하나를 몰래 따서 맛있게 먹었는데
소나무 가지 위에 까마귀가 망을 보며

길손의 시장한 처지 눈을 질끈 감았네

발길을 재촉하며 마루금을 향하는데
산 까치 내려 앉아 저녁만찬 홍시사랑
농부의 흡족한 마음 달님조차 미소 짓네

　진짜 마지막 한편은 위와 같이 자연과 인간이 교융하는 경지에서 노래한 수작이어야 하리라. 주홍보석−까마귀−길손−마루금−달님으로 이어지는 영상이 천연키만 하다. 우리 시조의 갈 길을 철묵은 이미 알고 있고 남은 일은 다만 가고 또 가는 데에 있을 뿐이다.

억새꽃 핀 언덕에서

조철묵 지음

발 행 처 · 도서출판 청어
발 행 인 · 이영철
영   업 · 이동호
홍   보 · 천성래
기   획 · 남기환
편   집 · 방세화
디 자 인 · 이수빈 | 김영은
제작이사 · 공병한
인   쇄 · 두리터

등   록 · 1999년 5월 3일
(제321-3210000251001999000063호)

1판 1쇄 발행 · 2020년 12월 10일

주소 · 서울특별시 서초구 남부순환로 364길 8-15 동일빌딩 2층
대표전화 · 02-586-0477
팩시밀리 · 0303-0942-0478

홈페이지 · www.chungeobook.com
E-mail · ppi20@hanmail.net
ISBN · 979-11-5860-908-5(03810)

이 도서의 국립중앙도서관 출판시도서목록(CIP)은 서지정보유통지원시스템 홈페이지
(http://seoji.nl.go.kr)와 국가자료공동목록시스템(http://www.nl.go.kr/kolisnet)
에서 이용하실 수 있습니다.(CIP제어번호: CIP2020044500)